鮒叢書第八九篇

詩者情憬

伊藤香世子歌集

現代短歌社

序

―若鮎の魅力―

島崎榮一

伊藤香世子さんが『弱者憧憬』を出すことになった。集名には著者の現在が現れる。弱い者に近づきその弱さをみずからの内に取り込みたいとする考えは一般の通念では図りがたい。困難に打ち勝つため強い気持ちで生きたいと思うのが自然であろう。文学的な理念から無縁の言葉を選んだとも思えない。ここから何が出てくるか。さきに『白鷺』があるから二冊目の歌集である。

若枝に蕾ほぐるる木蓮の春日まとひて空に抜き出づ
白木蓮そこに咲くから見にゆけり見沼の里の低き山の上

最初に木蓮のつぼみの歌がある。「蕾ほぐるる」「空に抜き出づ」ともに伸びやかでこころよい。「若枝に」「春日まとひて」もよく機能して、若さのかがやきとも言うべき健康な空気を伝えている。「そこに咲くから見にゆけり」は不思議な言葉である。短歌が好きで若いときから歌って来た、と人から聞くことがある。作歌は格闘技とは別のものだが一首二首と数えるほどだから昔から命懸けでやってきたのだ。一方、アルピニストは山登りが好きだとは言わない。

山に登るのは山がそこにあるからだ、と哲学的な言い訳をする。「そこに咲くから見にゆけり」ここに潜む冷めた目の動きは何だろう。共感も感動もなく、一首目の感受とは随分ちがうようだ。

早川の清流に鮎泳げると目を凝らし見る橋の上より

山並は濃紺となり夕日いま浅間を照らし沈みつつあり

渓水に泳ぐ鮎の歌。橋の上に立つ作者の姿もはっきりと見える。若鮎か群れているのか、細かい点はふれない。自在に泳ぐ生命の力。むだが無く単純簡明で変な褒め方だが浅詠みの魅力ともいえる。次は入日を惜しむ歌である。大きな風景を歌って力負けしないのは努力して表現の力を身に付けたのだ。

数日を廂にをりしかまきりの羽の草色蜘蛛食ひ尽くす

少しでも人の前ゆく優越感さつさうと乗る動く歩道に

不用意に飛んだ蟷螂が蜘蛛の巣に掛かってしまった。朝に見て午後ふたたび見たのかも知れない。自然の摂理だが無惨といえば無惨でもある。木蓮の白花や鮎を歌うだけでなくこうした非情なひとこまも見逃さない。人の前に立って動く歩道をゆく。ここには弱者憧憬などという逆説的な空気はなくきわめて健康である。

節分の宵のならひは柊に鰯の頭くくり付けたり

私の村ではひいらぎとは別に串にいわしの頭を差してこれを火にあぶる。火にあぶりながら、米の虫もじりじり、菜っ葉の虫もじりじりとやたらに繰り返す。つまり虫退治、虫追いのまじないである。

烏羽玉の闇に寝息のもれくるを虎と気づかず朝目覚めたり

かたわらに寝息を立てているのが虎だというのは穏やかでない。まして酒に酔って寝た夫の姿でもない。作者の部屋にはいつも猫がいるらしい。猫の歌は選歌の段階で削ったはずだがこうして残った歌もあったようだ。猫や孫など愛情を向けやすいものは作歌の対象にしない方がいい。情が移る。はじめから可愛いと答えの出ているものは歌う必要がないのである。その意味では友もよくない。友は親愛でかけがえのない存在だが定型のなかには入らない。敵にも味方にもなれない駄目な人間を友というのである。猫に関連して余計なことを書いた。

着信のおとのみ発し携帯の電池消えたり充電せねば

通勤の改札口に五百円拾ひて今日のいさみとなりぬ

仕事関連の二首。ここでは充電に注目した。人間自分そのものを歌っているように思ったからだ。携帯ではなく自らの充電願望。寿司でも食べて一杯のんで元気になろう。男の考えだがこれに近い心境を思ったことである。二首目は五百円硬貨をひろって励みになったという。作意の見える物語的な小心。さもしいと言えばさもしい。この人間臭さ。男でも書けない一面といえよう。

一秒も違ふことなき電波時計記念の品の置き場に迷ふ

居間に置く電波時計の秒針の赤きがせかす朝の出勤

この歌の前には「澄み渡る空にも増して晴れ晴れし定年の夫を握手で迎ふ」

夫の帰宅をよろこぶ歌があって、退職記念の時計であることが解る。「一秒も違ふことなき」几帳面な性格が伺えご主人退職の後も朝々の出勤にいそぐ。わが国の主婦特有の甲斐甲斐しい前向きな一面があるようだ。

　四世代住めるむすめの嫁ぎ先沢庵漬けは男の仕事とふ

　一口に師走といふも憚れり義妹持ち来る倒産の報

　苦労が多いから長男の嫁にはいかない。いまどきの若い女性にありがちな傾向だが、このお嬢さんは確りしている。両親がいるだけでなく長寿の家系でその上の人たちがいる。勿論自分のお子たちもいる。初句の「四世代住める」がそれである。つづく言葉が沢庵漬だ。十二月の寒いころ樽に漬けるのである。漬け終わると樽の重さは計り知れない。これを納屋に運ぶのは当然男の仕事である。この作業がおわると強い北風が吹いて歳晩になるのだが、健康な明るい話題ばかりではなかったようだ。

　金春の師の家見えてなつかしき翁の面の掛かる稽古場

携帯で知り得し言葉かなとこ雲かなしきといふ古き言葉も

著者の伊藤香世子さんは金春流の能を修行したみやびな人である。たまたま街をゆくときかつての師匠の家が見えた。そこで「翁の面の掛かる稽古場」を思ったのである。今は短歌一筋だが、お若いころはかなり熱心に稽古場に通ったらしい。中興の祖金春禅竹は世阿彌の娘むこである。流謫の生活を余儀なくされた世阿彌は佐渡から禅竹あてに書簡を送っている。それは生駒山宝山寺に大切に保管されているとのことだが、私はくわしいことは知らないのである。

二首目の携帯ははじめ電話だったが、いまは写真を撮るばかりではなく辞書の役割をも果たす。偶然「かなとこ雲」に出会った。秋の夕暮れ西の方ひくめの空に重くしっかりした雲の沈むのを見る。鉄床雲がこれである。人によっては「かなしき」という。ここには言葉を鍛える意味もあって漢字で「鐓」と書く。白秋の添削実例に同題の単行本があるが作者は知っていた節がある。

紙漉きの実習見つつ楽しげな説明聞けばわれも漉きたし

尋ねしは仙覚律師の顕彰碑万葉仮名の時代なつかし

埼玉県西部にある和紙の里小川の町を尋ねての作である。このときは私も同行している。和紙は寒中に漉くのが理想といわれている。道沿いの農家の庭に臘梅が咲いているのを覚えているから寒い日の行楽だったはずである。帰路、足をのばして仙覚律師の顕彰碑を拝した。碑は四メートルを越える大きなもので杉森の茂る小高い丘の上にあった。仙覚律師は建仁三年生まれ、万葉集に訓をつけた人として知られる。案内は詩人の大谷佳子氏であった。二首目は時間と空間をこえて万葉仮名の古き時代を味わっている。

なでしこの人気根強き浴衣をとさがす乙女子その足長し

浴衣から衣装替へして人形の顔の幼き微笑み湛ふ

ぴくぴくとまぶた動くが煩はし決算近く老眼進みし

車中にて化粧をなせる少女らの白きその指みな器用なり

著者は埼玉県北部の町、熊谷の某百貨店の和服売り場に勤めをもつ。最近、若い人の紺の浴衣になでしこの柄が人気だという。女子サッカーの影響で「なでしこ現象」ともいうべき波のうねりが起きたのだ。若い客の一人がしきりに柄を探している。「その足長し」作者は羨むような目を向けている。二首目の人形はマネキンの意。週明けの秋づいた日に衣替えをしたのであろう。無機物の人形に生命の微笑みを与えている。九月の決算が近づいて珍しく作者の表情も緊張ぎみだ。結句の「老眼進みし」は無造作に投げ出すように歌っている。四首目の「車中にて化粧」よく見かけることで今は珍しくなくなった。大人の視線はともすると批判的になりがちだが「白きその指みな器用なり」全く悪意がない。仕事あるいは通勤の歌だがどれもさらさらとした質で歌っている。これは著者の性情ともかかわるもので、集の全体に目立たない色艶で静かに流れている。

　逃げ難きアウシュビッツを彷彿す駅出でミスト浴む朝の道

巻末の歌のアウシュビッツはポーランド南部の都市、オシブィンチムのドイツ語名。昔ドイツ占領下に強制収容所がありユダヤ人などが多数虐殺された。初句の「逃げ難き」はそれを踏まえている。熊谷は我が国で最も暑い町の一つだから、アーケードの入り口に噴射口をもうけ、冷たい霧を噴霧する。夏の日、有り難い設備のはずだが捕虜虐殺の歴史と結び付けたところに力量がある。さらに広い視野でものを見、持ち前の努力を重ね、今後歌いつづける中で大輪の開花をみせてほしい。

本集の表紙は日本美術院の同人、菊川三織子先生の「かたくりの花」で飾ることが出来た。前集のときは何も出来なかった。寸暇を惜しんでの精進を願うものである。期待と翼蔽の思いで序を記した。

平成二十六年七月吉日

目次

弱者憧憬

来週

若枝に蕾ほぐるる木蓮の春日まとひて空に抜き出づ

春の日の沁むる布団に顔埋め眠れるクロの呼吸確かむ

草野球の父親と子の弾むこゑ泣きべそかきて球を追ひゆく

岡部六弥太が忠度討ちし合戦の聞かせ所は声絞り上ぐ

来週は春霖ならん予報士の天気図指すを茶の間に見たり

若菜

窓の辺に見ゆる新緑やはらかに明るさ増して日々に勢ふ

地を掠め風にさ揺らぐ藤波の放つかをりになづさひ憩ふ

茶の席の珍《うづ》の銘菓はおとし文主人笑むなかささめきあへり

若葉出で古葉落せる柏木のみどり揃ひて木もれ日に照る

五月雨に打たれ乱るる葦の葉の芥澱める川に濡れ伏す

夫伴ひあゆむ林のみどり美し木もれ日のなかもろ鳥の鳴く

緋毛氈踏みて憩へるあづまやに琴の音流れ花菖蒲咲く

雨しづく滴る菖蒲艶めくに思はず手を添ふ背伸びなどして

不安

公民館の入り口に立つ笹飾り頷き合ひて短冊を読む

谷底に一直線に落ちてゆく夢と知りつつ部屋にこもれり

列島を縦断せるか秋台風土砂降りの雨に不安の増しぬ

刻刻と訂正さるる地震の報廃墟となりし町にをののく

梅雨空の長くぐづつき日の射しぬ草に混じりて野紺菊咲く

炎天

薬師如来守れる十二神将のいかつき顔のどこか愛らし

黒雲を低く曳きたる梅雨空に烏群れなし電柱に啼く

植ゑ替へし茗荷は白き花付けてさはに萌え出づ梅の木下に

夕暮れを風なき庭に煙りつつ花火彩ひて辺り明るむ

炎天の続き枯れゆくひまはりを振り返りつつ仕事に向かふ

いちじくを音立て食ぶる烏らのみな賢くて忽ちに去る

玉蜀黍はひげの数だけ実の付くと摘める手元を飛蝗跳ねとぶ

野良猫と遊びゐし子は野茨の赤き実見つけ嬉々と摘みゆく

照りつくる残暑さけつつ歩めるを銀座の空に秋茜飛ぶ

いわし雲空を狭しと漂ひてせまる夕日に茜色帯ぶ

秋空に色あせ盛るさるすべり猫の爪跡木肌に残す

駅前

温暖化がすすむ現実北極の海の表面もりあがるといふ

路上ライブに肩寄せ群るる若者の高き歓声夜空に透る

膝に乗るクロを胸まで抱き寄せ夢二を真似て椅子に坐りぬ

紅葉して散りゆく楓風に舞ひ茜まぶしく髪に触れたり

駅前《コンコース》に続く四つ角整備され交通ラッシュわづか減りたる

駅広場は郷土展にて賑はへり饅頭狭山茶ふるまはれたり

整然と山の斜面に立ち並ぶ墓石の群も夕焼けの中

わらを焼く煙くすぶる冬畑に日暮れは早き百鳥の立つ

電　車

列をなす背に急かさるる徳川展印籠の前にわれも分け入る

和宮の晴れ着刺繍の前に立ち溜息もるるわれは呉服屋

紅に萌ゆる一本のピラカンサ目印のごと踏切に立つ

地下鉄の線路に遊ぶ鼠らの電車過ぐればすぐに群れをり

酉の市は冬の日和に恵まれて締めの拍手そこここに聞く

歳末の迫り急かされ一日過ぐ終らぬ掃除に苛立ちながら

正月も四日となれば胸騒ぎ街の空気を吸ひに出でゆく

窓に寄り曇れる庭を眺むるに雪かとまがふ白梅の咲く

定年

寒かろと猫に煖炉を入れてやりぬ今では猫が鳴きて促す

静もりて人の影無き護国寺に鳩がせはしく枝移りゆく

積もりゆく雪と餃子がニュース占め暮れ果つるまでテレビ見続く

積む雪を蹴りて翔びゆく白鷺は真澄める空の彼方にぞ消ゆ

澄み渡る空にも増して晴れ晴れし定年の夫を握手で迎ふ

庭隅に積もれる落葉掃きてをり実生に芽吹く楓の二葉

朝となり銀世界なる猿ヶ京刃のごとき氷柱連なる

一秒も違ふことなき電波時計記念の品の置き場に迷ふ

目を細め見上げたる空茶に染めて春の嵐は黄砂運び来

松林越えて差し来る月明かり池の中なる鯉を照らせり

春がすみたなびく丘の墓地ゆけば桜並木に光射し込む

新緑

菜の花の咲く道ばたに庚申の青面の石ならびて立てり

雪に枯れ諦めゐしがアマリリス去年より赤き花咲かせたり

雨上がり八十八夜の茶畑に友と連れ立ち新芽摘みゆく

重なりて岩肌覆ふ新緑のまにまにのぞき咲く山桜

新緑の中にふり注ぐ虹の滝黄をきらめかせ黄鶺鴒飛ぶ

ふりかかる雨にも堪へてアイリスの花並び咲く辺り明るし

日差し出て雨も止みしか軽快な音楽流るるデパートにをり

ぐらつきてさし歯支へし親しらずつひに抜かれて跡形も無し

立葵

早川の清流に鮎泳げると目を凝らし見る橋の上より

梅雨晴れに傾きかけし紫陽花が滴とどめて大輪に咲く

副都心線開通にわく新宿はサミット控へものものしかり

赤著く道に咲き継ぐ立葵梅雨のあひ間に背丈を越えし

指先が覚えてゐると職人の模様に魅入る江戸切子展

英語

高みより見下ろす路上駐車場テールランプの絶え間なく揺る

たどたどしき英語通じて買ひ呉るる笑ひ清けき外つ国の人

をちこちに咲ける紫陽花紫に羽鳥湖畔は夕かげり早し

昼さがり空に光れる稲妻を背にして走る駅を目ざして

ふりそそぐ雨に花火の音消えてこほろぎの声高まり聞ゆ

太陽を仰ぎて咲ける向日葵もはや実を付け首を垂れゐる

蚊にさされみみず脹れせし膝の傷いつか忘れてこの夏終る

体操もカロリー計算も煩はしバナナダイエットしばし続ける

雷　雲

旅に来て湯口あふるる源泉に肩を打たせてしばし目を閉づ

岩風呂の岩の凹みに背をもたれ山を仰げば雷雲の立つ

栗畑に実れるあまた木の下に青き毬さへ弾けてころぶ

米を研ぐ水の冷たき朝となり俄か日向に秋支度なす

秋晴れに野辺を飛び立つ二羽の鷺円を描きて空を翔けゆく

道端に咲ける一群れのにらの花雨の上がれる朝見出でたり

窓開くれば金木犀の香り満ち赤白帽の児童露地ゆく

階段の端に潜める大かまきり人の気配にかまを振り上ぐ

風に舞ひ吹き寄せられし楓の葉鮮明なるを選りて拾ひぬ

瑠璃色に湛ふる川面波立ちてもみぢの落葉渦に入りゆく

数日を廂にをりしかまきりの羽の草色蜘蛛食ひ尽くす

寝具

手の平に拾ひしもみぢ葉脈の朝の日差しに浮き立ちてをり

ただよへる雲のよぎりて富士ヶ嶺の暮れなづむ空に茜色帯ぶ

牡牛座の肩のあたりと覚えたる六連星の昴に目が行く

気迫込めたすき繋げるランナーのごぼう抜きに湧く箱根駅伝

終日を師走の風は吹き荒れて並木の銀杏舞ひながら落つ

冬空に清少納言も魅せられし燃ゆる昴をわれも探せり

太陽の恵みたつぷり受けし夜具孫ははしやぎてでんぐり返る

家毎に咲ける白梅香を放ちひかりのなかにまぶしみ眺む

踏み出しは右足にして吉事あり時にし迷ひ足占ひす

差し込める陽光浴みて野水仙梅の木下にわづか色持つ

梅の枝の間に目白ゐるると言ふ夫はわれに声をひそめて

抜　歯

大寒に若きを真似て重ね着をなしたりヒートテックス温し

梅見むと希望を持ちて生きし友見せてやりたき今年の梅を

応募券を三枚集めて投函すおつまみセット届くを願ひ

密やかに庭を潤す如月の雨降るたびに春を引き寄す

玄関の脇より風に乗りて散る梅の生命の白きかがやき

霙降る鹿沼の駅に降り立ちて梅は象牙の色と知りたり

黒川の水辺に垂るる柳越え飛び立ち来しは青鷺一羽

黄の色に際立ち咲くは福寿草梅の木下にこぞり咲くなり

春菜

散りてなほ赤く華やぐ落ち椿花冷えの庭光を集む

目つむれどまぶたに消えぬ花の影九段の桜勢ひ増せり

旅ごころ誘ふ土筆の萌え立ちて越後平野に陽炎揺るる

まどろめば春の小川の楽に乗り児童の声の弾み来るなり

春菜摘み清少納言の時代より今に続くと知るはたのしも

そよ風の吹き抜くる窓に猫眠りセンサーのごと髭が働く

日に照りて椿の若葉瑞瑞しこのつかの間を五月雨は打つ

庭隅を占めてはびこる蕺草の野生の強さ日日に疎まし

工事

汗をふき道路工事を知らせ来し男は露草掘りてもちゆく

ものの香をふふみて風の過ぎゆけり山門近き楡の木陰を

青の色増して玉なす紫陽花に朝降り注ぐ六月の雨

紫の色濃きあやめ列なして咲ける畑を母は好みし

突然のこむら返りに耐ふる真夜猫の眼の闇に光れり

息せきてバスに駆け込む児童の背ランドセル跳ね怪獣踊る

蚕飼する人無き村の桑の木に桑の実見つけただ懐かしき

豆ご飯の写真添へたるメールありビールも冷えて父を待てると

感　動

水嵩の増してよどめる荒川に日射し移りて鈍色返す

映像にうつりし黒き太陽に感動あらた息ふかく吐く

朝より雨あり曇り晴れもあり何でもありと予報士はいふ

つかの間に黒雲被ひ薄ら陽を絶ちて梅雨空小雨を降らす

雨あとの水たまりの上に羽平《ひら》め止まる塩辛とんぼ動かず

水しぶき上げて次々車去る雨のバス停にわが待ちをれば

森の中に入れば忽ちひんやりと草匂ひたりこほろぎの鳴く

日盛りはきつしと母の嫌ひたる曼珠沙華庭の隅に咲きたり

鈴虫

投票所の隅に置かれし鈴虫のこゑ澄み透り空気和ます

土蜂の巣を横取りしかつ皆殺し軒端に数多すずめばち飛ぶ

軒下の雀ばちの巣駆除したり働き蜂の留守をねらひて

幾日も軒に働きばちを見ずすすぎもの干す秋空の下

ジャスミンの葉群茂れる一鉢を朝日差し入る窓辺に移す

南部

しけ続く平潟港に係留の漁船めがけて波打ち上がる

打ち寄する波の砕けて泡と散る五浦海岸まな下に眺む

古歌に詠まれここに目にする歌枕勿来の関に松茂りをり

南部弁の民話の台本手に握り暗記確かむ出番を待ちて

湯の里は黄葉さまざま散り始め上るにつれて秋の色濃き

西日受け野原狭しと照り合ひて存在示す泡立草は

染まりゆく公孫樹並木を歩み来て鰯雲曳く空を仰げり

行動を起して吉の日捲りにあれこれ迷ひ窓など拭けり

助言

裏山の銀杏こそは惚け封じ言ひつつ食ぶる夫と向き合ひ

手鏡をのぞきてゐたる女の孫のはにかむごとし紅ひく仕草

助言する言葉を聞きてうなづけり身上相談ラジオに流れ

そそり立つ岩のめぐりの山もみぢ夕べの日差しに紅に燃ゆ

歳末の大掃除終へし日の夕べ隣家に争ふこゑ起りたり

厄年は若さの証か後厄の六十二歳を夫は過ぎたり

空堀と土塁廻らす城郭に土竜の掘りし土隆起せり

直垂に烏帽子姿の重忠像菅谷館跡に厳めしく建つ

海馬

金曜の夕刊待てりアナグラム・漢字パズルは海馬刺激す

日溜りを占めて咲きたる福寿草春に先がけ黄の色澄めり

見沼なる村の丘よりくつきりと秩父の山の連なるが見ゆ

石畳踏みて歩める神楽坂路地にたまたま盛塩置かる

はだら雪の間に草のみどり見え寒さの似合ふ青空がある

朝戸繰るをりに仄かに土匂ひ庭ひとところ雑草の生ふ

さうぢには鹿沼ほうきが一番と巧みの技を手に取り眺む

緑青に芽吹く上毛三山を娘のマンションに眺めてあかず

春雷

六十代は自由に暮らすこころがけ胃の再検査慎みて受く

にび色の水面目映き芝川堤菜花摘む人寄り添ひゆける

行く春を心ゆくまで惜しみ見る花のふぶける千鳥ヶ淵に

ゆるゆると内視鏡喉を通りゆき写し出す胃をはつきりと見し

胃の中をゆつくり写す内視鏡違和感に耐へモニター見つむ

雨の中しきり鳴きゐる鶯のこゑ聞きて湧くこころは何か

蛇たぬき白鼻心まで轢かるると娘の赴任地沼田あたりは

神の知恵借りて生活《たつき》の歌は出来胸の悶への落ちる思ひす

あかねさす昼に春雷轟きぬ思ふに猫の騒がしかりき

五月雨に艶めき咲ける花菖蒲まつもののなき庭に眺むる

駅前の橡の繁みにすだくさま仰ぎ見てゐる何鳥ならむ

早道

大雨に足許白くけぶれるを段差気にかけバスに乗り込む

幼葉の繁りてうれし根三つ葉を今朝はつみ取る庭の隅より

今年また夫の培ふ卯の花の瑞枝広げて垣にかがよふ

車窓には日光街道の杉並木小雨の降りて葉のみどり冴ゆ

うつさうと茂れる若葉押し分けて二両電車のゆるゆると過ぐ

目の前にそびえ立ちゐる赤城山仰ぎ見るなりその雄雄しさを

横切るが早道ゆゑに百貨店雨降る今朝は客をよそほひ

少しでも人の前ゆく優越感さつさうと乗る動く歩道に

信号機無き裏道をあゆみ来て思ひもよらぬ登り坂越ゆ

電線に烏並びて啼き交すわが出すゴミに不満あるごと

「夕暮れに子供騒ぐと雨になる」老女ふと言ふ母もいひたり

荒川

居間に置く電波時計の秒針の赤きがせかす朝の出勤

警笛を残して貨物去りゆけり朝のホームに舞ひたつ砂塵

水着跡くつきり残す少女らが湯船にはしやぎころころ笑ふ

荒川をのぼるボートに乗る人の白き日傘は川風に揺る

猛暑にもかかはらず実る無花果の甘き香りは鼻腔くすぐる

体中の汗噴き出してもんじや焼き波ゆれて舟の底板揺るる

一刹那闇をまばゆく照らしたる激しき雷雨電車を止むる

記録的猛暑のつづくこの夏を耐へて歴史の証人となる

からうじてつける蕾は色を持つ日の照る庭の秋明菊は

台風の去りて木立の緑冴え往路に秋の蟬しぐれ聞く

門の辺に転ぶ柿の実宅配の車につぶれ蟻の群れたり

写　真

ベランダに烏来たれば捕らへむと構へて睨む二匹の猫が

防災の訓練担ふ娘の写真上毛新聞に見るは誇らし

友待つと気にしつつ見る絵画展森と水のある風景飽きず

親と子の絆ほのぼの葦原に憩ふ軽鴨かすめ鷺飛ぶ

黄蝶舞ふキャベツ畑の先にある産み立て卵買ふが楽しみ

街に住む友に送らん朝摘みの茗荷は箱に香りを放つ

雨止みていまだ乾かぬ石垣に秋の名残の石蕗咲けり

年明けて俄かに身辺騒がしき甥の入籍女孫入学

地表這ひ呻きに似たる秩父颪照れる月夜に吹き荒るるなり

伸びやかに莟持ちたるヒヤシンス春の日の差す窓辺に香る

湧水の流るる川にたまたま見たり背中黒々鯉の泳ぐを

電　池

誰かいふもつともらしき一言が噂となりて一人歩きす

枯畑も白一色につつまれて雪に靴跡のこすはたのし

烏羽玉の闇に寝息のもれくるを虎と気づかず朝目覚めたり

着信のおとのみ発し携帯の電池消えたり充電せねば

雑木木に混じりて咲ける紅梅を眺めてをれば村を通過す

ラッシュ時に人波越ゆるこつを得てただ前を見て無心に進む

昨夜の雨不浄なるもの払拭し春の日射しはかがやきを増す

二人子の父となりたる婿殿を頼りに思ふこのごろとみに

テレビから緊急地震アラームの又も流れて背の緊張す

庭中に葱苗伸びて盛るなかすみれ水仙寄り添ひ咲ける

くり返す寒のもどりに冬納めなる言葉聞く耳に新し

気配

梅雨空に今し盛れる擬宝珠の花を静かと見て庭に立つ

豪雨なか速度落して揺れに揺れ湘南ライン荒川を越ゆ

何もかも忘れし人の悲しさよ森の施設を尋ねてみれば

雨足の早くなりたる空見上げ遅れ来しバス乗りて安堵す

音量を最大にしてテレビ見る九十四歳の叔母を悲しむ

パンの耳目聡く見つけ鬩ぎ合ふ鳩を見て過ぐ朝より暑し

梅雨明けて猛暑の中に開きたる凌霄花いま真盛りに

通勤の改札口に五百円拾ひて今日のいさみとなりぬ

下枝を切りし銀杏の樹間より渡り来る風夕べは涼し

渋谷より大宮までの埼京線降りる気配の無きに気を揉む

紫陽花の葉の上にゐる蝸牛孫に捕まり角も目も出す

流行

秋来れば気の向くままに歩きたき流行の服店頭に見つ

大都市の隙間埋めむと建ち並ぶ古い民家に沿ひて歩めり

白じらと枯れて残れる草の中咲く曼珠沙華したたかに見ゆ

艶やかに咲ける芙蓉の桃色が一つ散りたり風出づるらし

左利き用の返しべらやうやくに職人展に来て見つけたり

蠅打ちを持ちて構へる目の前は遠慮がちにぞ歩めごきぶり

枯色に染まりし飛蝗飛び交ひて勢ふままにわが胸に止む

柿の葉の上に滴のかがやけり吹く秋風に形を変へて

再生

秋空に珠実つやめく花水木あふげるときに花と見紛ふ

百重なす芒はほけて風に揺れ空行く雲もゆるやかに過ぐ

しなやかに撓む紅萩花こぼし日暮れの風は秋の寂しさ

秩父嶺の上移りゆく綿雲を手繰り寄せたき寒き夕風

生涯に一度きりとふ再生の蜥蜴のしつぽわれも持ちたし

葛の葉のわらわら茂る川の辺に生ひし若草避けて歩めり

強風の朝は何かが起こるらし棚卸し待つ職場に急ぐ

電飾のはなやぐ街の天の川今宵わたりぬ鼓動静めて

節分

晩秋に燃ゆる紅葉の輝きをときに仰ぎて道を歩きぬ

みくじに合ふ平《たひら》の幸は如何許り恙なきこと年頭に期す

二人娘を見守りし日をふと想ふ蘭の花芽の色づく見れば

脱皮をば繰り返しつつ糸を吐く蚕の神秘いかに語らむ

曇天の空見上ぐれば寂しかり枯野にあそぶ雀も見えず

B型は粗雑だなどと人の言ふ細かきことをわれは好むに

左眼に白内障の兆し見え右眼に無きは加齢なるゆゑ

節分の宵のならひは柊に鰯の頭くくり付けたり

地震

雑木木に混じる一樹の紅梅が人に知られず今を盛れり

デパートの五階の揺れは声出でず食器幾つも割るる音聞く

勇気ある一人が開けし非常口ここから逃げよ神のこゑ聞く

行田から上尾につづく町並は電灯つかず暗闇の家

大地震にふるへし一日振り返り風呂に浸れば安堵の涙

白木蓮そこに咲くから見にゆけり見沼の里の低き山の上

ひよ群れて児童のこゑの透り来る弁天山のけふの賑はひ

藪つばき弁天山に咲くからにをさなきものを見守りたまへ

御車返しと名づくる桜城跡に後水尾天皇いかに眺めし

駐車場に竜巻生まれむらぎもの心躍らせ花びらを追ふ

金春の師の家見えてなつかしき翁の面の掛かる稽古場

万緑

厳しくも華あるひとの逝きにけり業務報告今は懐かし

子供返り猫にもありて十七年共に暮らしてわが姿追ふ

制服の半袖着用の許可おりる四月末日熊谷暑き

夏草の繁みに咲ける赤詰草手の平添へて見る人のあり

万緑を浮かべ清しき水張り田よ五月の風にさざ波の立つ

適齢期なる言葉ありこの国に結婚せぬは罪のごとしも

傘の花前後左右に揺れてをり下校の児童列くづしゆく

早苗田を照り返す日の眩しかり畦の白鷺つひに飛びたり

携帯

さまざまな心の傷を隠しもつひとと知りたり親しみのわく

紫陽花の色移り来て梅雨寒く草の繁みに雉鳩鳴けり

痴呆にはかからぬわれを老人の眼差むけて医師は覗けり

携帯を替へてもどかし指の癖あらぬボタンを押して悔やめり

風評被害にあひし玉ねぎ瑞瑞し箱いつぱいの大玉届きぬ

どんよりと雨雲かかり気もそぞろ今朝はホームに鳩さへ見えず

携帯で知り得し言葉かなとこ雲かなしきといふ古き言葉も

長くあり短くもある一年の節目と思ふけふ夏祭

人波

母と居し厨房今や鮨店に変はり果てたり猫群れて棲む

飼猫といへど所詮は獣なり咬まれし足の指の傷跡

人波の絶える事無き上野駅人待ちをれば知り人に会ふ

人間は靴はき慣れて病増え足医術なる商売はやる

気になるはガンマ・セシウムの含有量二桁世代は安心の妙

貧困と迫害迫るキャンプ地の笑顔に凍る戦場写真展

和太鼓の音に聞きほれ近く寄りリズム取るなり祭好きわれ

湧きたちて咲く百日紅朝露に濡れて木肌の艶めきを増す

なでしこの人気根強き浴衣をとさがす乙女子その足長し

連れ立ちて歩む九段の登り坂骨董市を行き帰り見て

高野山金剛峯寺は空海と覚えし日あり中学生のころ

人形

雑木木に群るる白鷺つつみ込み迫る夕べの刹那明るし

茗荷の花摘むは幸せ庭隅にそはそはとして恋にも似たり

語り継ぎ言ひ継がれ来し暑さ止む雷神在ます天つ夕空

勝ち負けは紙一重なり水泳の健闘清しされどこだはる

人思ふ心見ぬかれ優しきといはれ返せぬひとこまを生く

夕立の雨に濡れゆく高校生カップルなれば声掛けがたき

浴衣から衣装替へして人形の顔の幼き微笑み湛ふ

ぴくぴくとまぶた動くが煩はし決算近く老眼進みし

職場

節電に慣れ来し目にも薄闇と駅を見回す猛暑続きて

ああ清し瞬きもせず鷺追へり土手の草生に降りるを見れば

取れ立ては色良く味の瑞瑞し友持ち呉れし秋茄子一笊

入稿を済ませ晴れ晴れ胸の内いただきし本読むが楽しみ

ゆっくりと進む台風気のもめる天気図見るに山間部豪雨

バス着けば駆け込む人と傘畳み乗り来る人とありて雨の日

職場には個性の強き人多く反発しつつどこか肌あふ

温度設定一度上げたり秋闌けてストレッチ等俄かにしたく

数値

卓上の日めくり繰れば九月一日朝顔咲けりこれより下期

除染には効果なしとふ向日葵の咲き立つ畑をためらひ通る

台風が通過するのは三時頃早く帰れのこゑにせかさる

足許の芝生に転ぶ蟷螂の腹太々と脈打ちてをり

空の色忽ち変はるすぢ雲のひろごる先に娘は住めり

わが庭にのらを見る日は稀なれど夜中爪研ぐ音に覚めたり

いつまでも背筋伸ばして歩きたし骨密度数値自信に満てる

庭占めて菊の花咲く傍らに咲ける石蕗蝶を招きぬ

頑固だと人が口にしいつよりか母の気性がわれに現はる

干支の龍《たつ》店に並びて幸福も色になぞらへ置き処に迷ふ

休憩室掃除する人しないひと自発うながす争ひはせず

笑顔

四世代住めるむすめの嫁ぎ先沢庵漬けは男の仕事とふ

起きぬけに雪のニュースを耳にして怠け心とわれは戦ふ

久々に会ひたる友はわが笑顔変はらぬといひ老けしと笑ふ

車中にて化粧をなせる少女らの白きその指みな器用なり

ずば抜けた人の個性も理由なくただ疎ましく見える事あり

怒りにも焦りにも似る心あり唾を飲み込み空を見上げて

古寺の塔にな寄りそ寂しらにエレキ相和す夜間おそろし

怒ること即ち疲れ友人の真面目ばかりが見え隠れする

清やかに返り花咲く百日紅尋ね来し蝶しきり蜜吸ふ

事故に遭ひ電車遅れて偶然に群馬の駅に野菜いただく

珈琲に会話弾みて何ゆゑか鬱から躁へこころ移りぬ

目　薬

背を丸め足早に過ぐる人群れの幾人が見む満天の星

目薬をさせば眠気も遠ざかり雲の流れて冬空澄めり

雨上り色冴え返る寺庭の垣にこそ咲け皇帝ダリア

テーブルに這ひ来る虫の力なしわれを憎むな姿あやしき

山茶花は永久に咲け然りげなく風吹く夜は新鮮にみゆ

一口に師走といふも憚れり義妹持ち来る倒産の報

初空を仰ぎて願ふわが日々に善きこと常に重ねゆきたし

上野駅十三番ホームに寒暖計下がり冬さぶ八度を示す

振り返る暇のありてこの一年仕事に追はれ歌を詠みにき

山並は濃紺となり夕日いま浅間を照らし沈みつつあり

絵の中に誘ひ込まれし錯覚に暫くは前を立ち去りかねつ

和服

和服着て身の引き締る出勤に正月晴れと和む朝なり

形見なる紬手に取る祖母の織り母縫ひたりと声のこもごも

荒川の水位上昇は想定外内陸埼玉も津波の跡あり

進化するケータイすでにもて余す止めるも出来ず地震アラーム

三月のこゑ聞くまでの辛抱ぞ熊谷のまち空つ風吹く

身長

二十分を目安に巡る見沼辺は白梅見ごろ人こそ知らね

身長の縮みたるかと吊皮をつかみ気になる今朝の着ぶくれ

複雑なほどに謎解く楽しみの増して清張今宵読み切る

靴下を重ねばきするこの寒さ足裏を伝ひ魚の目痛し

青空と温き日差しに蠟梅はみ寺に咲けり臈たけて見ゆ

紙漉きの実習見つつ楽しげな説明聞けばわれも漉きたし

尋ねしは仙覚律師の顕彰碑万葉仮名の時代なつかし

忍びやかに咲きたる梅の明らけし白き月さへ傍らに置く

溜息

待つ人も待たせる人も気のもめる電車の遅れ要領を得ず

何気なく交はす会話の変はりばえせずとも安き日常がある

人を待つ時間こよなく楽しめり夢の世界に一人遊びて

気のせゐか列車の速度早まりぬ遅れ告げたる放送ののち

溜息を一つつく度幸せは車道を越えて遠去かりゆく

翻りひるがへりして飛ぶ鳩の姿はともし春あさき町

花梨の芽すでに角ぐみ萌ゆるあり路に華やぎ秋を待つはや

反応の鈍き頭と思ひ知るパソコンの指示に従ひゆくも

欲　望

公園に一際映ゆる紅梅の梢見てをりこころのままに

辛きもの即ち旨し欲のままにキムチ食べたり愉しき日暮れ

春の嵐暴れ暴れて家揺する眠らんとしてまたも目の覚む

初夏の風清やかに渡る竹群に鷺は帰り来田植ゑの近し

天づたふ日の暮れゆけば雲流れ余寒はなほも続きゐるらし

さとやまのさくらまとへるみ仏のすがた尊し千手観音

連らなりて空にそびゆる武甲山ちぎれ雲置く頂あたり

優先席ゆづり呉れたる少年の足の包帯眼離れず

欲望は見るもの聞くもの限りなく買物をして我は背伸びす

蛍光色一つ身につけ帰宅時の一人歩きの不安守りぬ

真青なる空を満たせりさくらばな木蓮かくすほどに勢ふ

雨風

こゑ低く語り合ひたるてのひらに結婚線の二本が走る

照り返す日差しはまさに耐へ難く樟の葉影につかの間憩ふ

たとふれば身の丈に合ふ着物ともしばしば思ふ夫との暮らし

間食をやめし効果の著し身体のかるく階段のぼる

ストレスを捨てに来たりし公園の逆光のなか鳩の群れゐる

ばらの花見残し来たる公園にかくも照りつく午前のひかり

虹二つ空にかかれり吉兆と窓辺に寄りて暫く見たり

幹別れ枝別れして樟の木は鳥の棲む家むく鳥も見ゆ

をちこちに緑さみどり照りしかど早苗田低く鷺の飛び交ふ

朝摘みのさや豌豆は青臭くたまゆら音す筋取りしとき

羽ばたきて頭上掠める鳩の群れ遅るるもゐて顔のほころぶ

鼻歌

おもおもと樟の葉むらに烏群れ尾羽を揺らす塒するらし

朝風はをりしも渡りさざ波の立ちてまぶしき水張田見ゆ

歩きつつ不意に蹴りたる石ころは櫟に当たり根方に転ぶ

空を飛ぶ鷺の群れ追ふ夏の日に夢の生まれて胸に秘めたり

さはやかに風吹き渡れ六月の空に駆けゆく鷺白くみゆ

良きことの起る前ぶれ髪きまり鼻歌混じへ濯ぎもの干す

夏草はひかりの中に勢ひてもつれる蝶の姿を隠す

急行に乗り継ぎてより暫くは一望みどりの田園地帯

上空

午後となり祭りの声の今ひとつ小雨に濡れて浴衣乱るる

水草に卵付きゐしかと思ふメダカの群れに小鮒泳ぐは

メダカをば鮒が食ふかと覗くとき仲間意識か何ごともなし

メダカだけ掬ひて別にするといふ水槽増えてホテイ葵咲く

竜神のなさけごころか上空の大気弱まり雨の降り出づ

逃げ難きアウシュビッツを彷彿す駅出でミスト浴む朝の道

あとがき

本集は平成十八年一月から同二十三年十二月までの作品、およそ七八〇首の中から改めて島崎榮一先生に選歌していただいた三九四首を収載しました。前集『白鷺』につぐ私の二冊目の歌集です。生活の周辺や家族などの日常の歌が中心となりました。わずかに旅の歌と仕事の歌が交じっています。この間、私も人並みに年を重ねて六十代の半ばになりました。母を亡くしたのは前集の時代ですが、頼り切っていた母を亡くした空白感は癒えがたい寂しさとなって長く胸中に陰をおとしました。やがて母と引き換えるかのように孫に恵まれ、孫の成長に自らの思いをかさねる日々がつづきました。

島崎先生は孫の歌は書かないように、友はよくない、猫の歌も良くないと毎月のようにいわれます。母を亡くした後、身辺にあって私のこころを慰めてくれるのは孫と猫でした。それは平凡な弱きこころの証左かも知れません。しかし反省の一方、か弱い自分を大切に思うところから出直したいとの気持ちもありました。集中には繰り返し猫の歌が登場します。このことは集名を『弱者憧憬』としたことと関わるとも思っています。

作歌の上では表現の繊細にこころを置き、風韻を大切にする初期からの思いを中心に心掛けました。幻想路線を視野に思い切った冒険もして見たいですが力がないのでそうもいきません。

私は一般の人が仕事から離れる年齢に差しかかった今も日々の勤めを持っています。仕事と言っても某デパートの和服売場の隅にただ座っていればよいので気疲れもなく定年もない状況です。比較的に自由な職場で作歌の契機にも繋がっていると思っています。

本集のタイトルは逡巡の結果『弱者憧憬』としました。これは自分で考えて島崎先生に決めて戴きました。扉にはご多忙の先生から題簽をいただくことが出来ました。表紙は院展同人の菊川三織子画伯の色紙「かたくりの花」をもって飾ることが出来ました。色校正を拝見しながら嬉しさの込み上げてくるのを押さえられずにおります。

私は「鮒」短歌会に入会以来、島崎榮一先生の懇切なご指導をいただいて来ました。別所の編集所をお尋ねして千代夫人にもお会いしました。また関場瞳氏をはじめ多くの先輩や友人に恵まれています。本集の出版も先輩の後押しのお陰です。この機会にこころから御礼を申し上げます。

出版に際しましては、造本その他こまごまとした全般に亙って現代短歌社の社長道具武志様、大崎安代様のご配慮をいただきました。心より厚く御礼を申し上げます。

平成二十六年八月吉日

伊藤香世子

歌集　弱者憧憬　　　　　　　　　　䑓叢書第89篇

平成26年11月７日　発行

著　者　伊藤香世子
〒370-0033　さいたま市見沼区御蔵1428-5
発行人　道具武志
印　刷　㈱キャップス
発行所　**現代短歌社**

〒113-0033　東京都文京区本郷1-35-26
振替口座　00160-5-290969
電　　話　03（5804）7100

定価2500円（本体2315円＋税）
ISBN978-4-86534-057-0　C0092　¥2315E